Analyse de l'œuvre

Par Véronique Letournou

AF306464

Les enfants du fleuve

Lisa Wingate

lePetitLittéraire.fr

Analyse de l'œuvre

Par Véronique Letournou

Les enfants du fleuve

Lisa Wingate

lePetitLittéraire.fr

Rendez-vous sur lepetitlitteraire.fr et découvrez :

Plus de 1200 analyses
Claires et synthétiques
Téléchargeables en 30 secondes
À imprimer chez soi

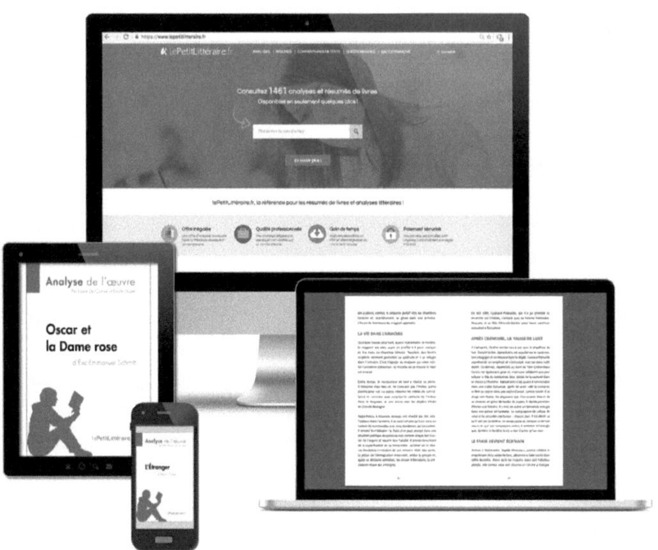

LES ENFANTS DU FLEUVE

ENFANCES VOLÉES

- **Genre :** roman inspiré de faits réels
- **Édition de référence** : *Les enfants du fleuve*, trad. A. Carlier, Paris, Les Escales, 2018.
- **1re édition :** 2017 (aux États-Unis)
- **Thématiques :** l'enfance, la famille, l'adoption, le secret, la maltraitance, l'amour, le fleuve.

1939. La famille Foss – Briny, Queenie et leurs cinq enfants – vit sur un bateau amarré près de Memphis, sur le Mississippi. Queenie est enceinte et le travail commence par une nuit d'orage. Mais l'accouchement se déroule mal et contraint Briny à l'emmener à l'hôpital. Le lendemain matin, les enfants, restés à bord, sont enlevés par la police et emmenés de force à la Société des foyers d'accueil du Tennessee, dont la terrifiante directrice propose à de riches familles des enfants à adopter moyennant une certaine somme d'argent.

De nos jours en Caroline du Sud, Avery Stafford, jeune et brillante avocate, revient chez son sénateur de père préparer son avenir. Alors qu'elle visite une maison de retraite, une pensionnaire la prend pour une autre. Intriguée, elle découvre qu'il existe un lien entre cette femme et sa grand-mère. Avery se lance alors dans une enquête destinée à mettre au jour ce secret de famille.

Lisa Wingate, à plusieurs reprises, se sert d'une matière documentaire réelle pour évoquer l'histoire de son pays, notamment celle des États du Sud et des blessures qui ne se referment pas forcément avec le temps. De par sa profession de journaliste, on perçoit chez Lisa Wingate un grand intérêt pour l'investigation et pour la mise au jour de certains épisodes sombres avec l'idée que la littérature peut amener à la réflexion et à la remise en question et peut être une forme de dénonciation douce, mais efficace et que le plus triste serait qu'il ne reste rien des histoires des gens, ici, des « survivants » passés par cette Société des foyers d'accueil du Tennessee. Elle est en quelque sorte l'une des gardiennes de l'histoire de son pays, particulièrement du Sud. Ses recherches pour rédiger son roman l'ont amenée à rencontrer des personnes dont l'histoire est directement rattachée aux œuvres de Georgia Tann et à faire ainsi office de devoir de mémoire et de « lieu » commémoratif. Ce roman est son plus grand succès à ce jour.

LISA WINGATE

ÉCRIVAINE AMÉRICAINE

- **Née en 1965**
- **Ses autres œuvres :**
  - *Les chemins de la liberté* (2021), roman
  - Les autres livres de Lisa Wingate ne sont pas encore traduits. Ils sont disponibles aux éditions Penguin. On peut citer deux romans : *The book of lost friends* (2020), roman historique qui nous emmène en Louisiane en 1875 et 1985, ou encore *The sea keeper's daughter* (2016) qui a remporté le Christy Award dans la catégorie roman contemporain.

Cette journaliste est également une auteure à succès bénéficiant d'une forte audience aux États-Unis. Ses romans évoquent souvent un pan de l'histoire américaine des États du sud, et teintent de mystère les éléments historiques. Elle a déjà écrit une trentaine de bestsellers, salués par la critique américaine (parfois qualifiés de « magistraux » par le *Publishers Weekly*). Elle fait régulièrement partie de la liste des bestsellers du *New York Times*. Son travail a été récompensé par de nombreux prix. Elle vit actuellement au nord du Texas.

Les enfants du fleuve, son premier roman traduit en français, a été traduit en trente-cinq langues et s'est vendu à plus de deux-millions d'exemplaires.

RÉSUMÉ

Le roman entrelace les voix d'Avery Stafford qui poursuit son enquête en Caroline du Sud, de nos jours, et de Rill Foss (alias May Crandall) qui raconte ce qu'elle a vécu dans le Tennessee en 1939. Pour plus de commodité, le résumé présente d'abord les aventures de Rill, puis dans un second temps, les investigations d'Avery.

Un bref prologue annonce la thématique du livre : en aout 1939 à Baltimore, dans le Maryland, une jeune femme accouche d'une fillette morte. Elle ne pourra plus jamais avoir d'enfants. Son père, qui l'accompagne, est dévasté par le chagrin qu'il ressent pour sa fille. Le médecin lui indique qu'il connait une femme, à Memphis, qui pourrait peut-être leur proposer de remédier à cette situation...

L'ÉPOPÉE DE RILL

En 1939, Rill Foss a 12 ans. Elle habite sur l'Arcadie, bateau ainsi nommé par son père qui le considère comme un petit paradis. Elle y vit avec ses parents, Briny et Queenie aux magnifiques boucles blondes, victimes de la Grande Dépression, avec ses sœurs Camellia, 10 ans, la rebelle aux cheveux noirs, Lark, 6 ans, Fern, 4 ans, et son petit frère de 2 ans, Gabion. Ils vivent à proximité de Memphis une vie heureuse sur le fleuve. Les parents sont aimants et attentifs, les enfants sont éduqués, vont à l'école et, malgré leur pauvreté, ne manquent de rien et surtout pas d'affection. Près d'eux vit Zede, ami de Briny, dans son bateau. S'il est vieux et pauvre lui aussi, il a toujours un protégé sous son aile. Cette année-là, il s'agit de Silas, un adolescent qui a fui les coups de son beau-père.

Une nuit d'aout pleine d'orage et de fureur, Queenie ne parvient pas à donner naissance à ses jumeaux. Briny et Zede l'emmènent d'urgence à l'hôpital, laissant les enfants sous la garde de Rill, l'ainée, et de Silas. Le lendemain matin, sous les yeux de Silas, les enfants sont emmenés par la police qui prétend les amener auprès de leurs parents. Terrifiée mais impuissante, décidée à ne pas quitter ses sœurs et son frère, Rill les rassure et les incite à suivre. Ils arrivent tous les cinq à Memphis et sont livrés à la terrible Mlle Tann, qui y dirige la Société des foyers d'accueil du Tennessee.

Coincés à l'orphelinat sous la coupe de la gérante du lieu, Mme Murphy, des employées et du cousin pédophile de Mme Murphy, le terrifiant Riggs, les enfants Foss se retrouvent au beau milieu d'autres enfants, certains véritablement orphelins, d'autres pas. Ils sont maltraités, mal nourris, frappés, punis, parfois victimes de Riggs. Ils sont perdus, Mlle Tann leur attribue un nouveau prénom. Ils ne comprennent pas ce qui leur arrive et sont dévorés d'angoisse. Les plus anciens pensionnaires murmurent que certains enfants disparaissent, qu'ils sont tués et leurs corps discrètement supprimés. Mlle Tann décrit à la presse un établissement modèle de bienveillance et de soins alors qu'elle gère en réalité un trafic d'enfants, vendus fort cher à de riches familles en mal de rejetons. Désespérée, Rill voit son frère Gabion adopté, puis c'est au tour de Lark, puis de Fern. Camellia, agressée par Riggs, disparait du foyer. Rill trouve une alliée dans la personne d'une nouvelle employée, Mlle Dodd, qui n'est pas au courant des enlèvements et qui paiera de sa place sa volonté d'aider les enfants : Mlle Tann est très bien protégée et possède un influent réseau.

Quelques semaines après leur arrivée, Rill aperçoit Silas dans la rue. Il les a retrouvés et il est venu pour les aider à fuir. Mais le jour de l'évasion, Rill est emmenée dans la famille aisée qui a adopté Fern. Victoria – inconsolable de la perte de ses cinq bébés – et Darren Sevier – prêt à tout pour revoir sourire sa femme – se montrent très bienveillants et aimants pour Rill et Fern. Mais Rill, rebaptisée May par Mlle Tann, ne cesse de penser à ses parents et ne songe qu'à regagner l'Arcadie.

Elle parvient un beau jour à s'enfuir avec Fern et retrouve l'Arcadie. Accueillies par Silas et Zede, elles apprennent que Queenie est morte et que Briny est devenu à moitié fou de malheur et d'alcool. L'Arcadie est délabrée, Briny passe de la violence à la douceur, enfermé dans son désespoir. Rill craint ces sautes d'humeur pour sa petite sœur. Une nuit, les amarres de l'Arcadie se rompent, faisant dériver le bateau au milieu du fleuve. Il heurte violemment des troncs d'arbres qui le font presque chavirer et provoquent un incendie dû à la chute du poêle. Rill et Fern sont sauvées, Briny disparait. Rill décide alors de ramener Fern auprès des Sevier et fait ses adieux à Silas.

Chez les Sevier, la famille qui s'occupait de l'entretien de la maison les accueille avec soulagement et les Sevier reprennent vie : leur départ les avait plongés dans le noir. Elles resteront désormais chez eux. Une fois adultes, grâce à un petit garçon qu'elles avaient rencontré à l'orphelinat, elles parviendront à reprendre contact avec Lark et avec Judy, l'un des bébés que Queenie avait mis au monde cette nuit-là, mais ne retrouveront jamais ni l'autre bébé, ni Gabion, ni aucune trace de Camellia, vraisemblablement morte à l'orphelinat. Les sœurs ne voudront pas troubler leur vie de famille et ne révéleront jamais à leurs proches leur origine et leurs liens. Aidée par la petite-fille de Judy, atteinte d'Alzheimer, Rill-May retrouve enfin Judy et la rejoint dans sa maison de retraite : elles pourront vivre ensemble au grand jour en tant que sœurs les dernières années qui leur restent.

L'ENQUÊTE D'AVERY

Avery Stafford est une jeune avocate brillante, issue d'une famille prestigieuse et chaleureuse, à qui tout réussit. Elle est sur le point de se marier avec Elliot, son amoureux de longue date et retourne sur ses terres natales pour préparer sa succession à son père, le sénateur Wells Stafford. Elle y retrouve sa mère, ses sœurs, ses neveux et nièces et sa grand-mère, Judy Stafford. Lors d'une visite dans une maison de retraite, le comportement d'une pensionnaire à son égard l'intrigue. Elle découvre dans la chambre de cette dernière une photographie de sa grand-mère. Quand elle interroge Judy, celle-ci la prend pour une autre et tient des propos inattendus, mentionnant des personnes et des lieux qu'Avery ne connait pas. Soupçonnant un secret de famille, elle débute une enquête pour éclaircir le mystère. En fouillant dans les affaires de Judy, Avery déniche les coordonnées d'un certain Trent Turner, agent immobilier à Edisto, où Judy possède un cottage.

Avery s'y rend et rencontre Trent Turner Junior, le séduisant petit-fils de l'homme avec qui sa grand-mère était en contact, et son petit garçon de 4 ans, Jonah. Trent conservait une enveloppe pour Judy qu'il finit par donner à Avery. Il y est question de la Société des foyers d'accueil du Tennessee et de documents administratifs, dont une reconnaissance officielle d'abandon d'enfant concernant Shad Arthur Foss, né prématurément en 1939 de Mary Ann Antony (le vrai nom de Queenie) et de Briny Foss. Dans le bureau de Trent Sénior, qui œuvrait en tant que détective amateur, Avery et Trent trouvent quantité de photos de gens inconnus, dont Judy et May, et un long article sur le scandale soulevé par les activités réelles de Georgia Tann, la directrice de la Société des foyers d'accueil.

Avery et Trent se rendent auprès de May qui finit par leur raconter son histoire : les enfants enlevés, les papiers falsifiés signés par des parents qui pensaient signer toute autre chose, la collaboration de Judy pour l'aider à écrire sa vie, le soutien précieux de Trent Sénior qui n'était autre que l'un des enfants arrivés en même temps que les Foss à l'orphelinat et qui a consacré une grande partie de son temps à retrouver les proches des enfants de la Société des foyers d'accueil... Avery est alors réclamée par le bras droit de son père, qui la ramène vers la politique, ses incessantes représentations et sa nécessité d'absolue transparence pour déjouer le moindre scandale.

Quelques semaines plus tard, après une brève visite surprise d'Elliot avec qui Avery a une discussion tendue au sujet de ses recherches sur sa grand-mère, elle découvre que Judy avait un abonnement de taxi tous les mardis. De passage en ville, Trent la contacte alors qu'elle se décide à prendre ce taxi. Trent et Jonah la rejoignent et le taxi les emmène à Augusta, devant la grille d'une grande et ancienne maison coloniale à l'abandon. Ils découvrent alors une petite maison coquette et soignée tout près du terrain : la maison de May. À proximité habite également Hootsie, la fille des serviteurs des Sevier, à peu près du même âge que May. Amie des sœurs Foss dont elle connait l'histoire, elle révèle à Avery que Judy était bien l'une des sœurs de la fratrie et qu'elles se retrouvaient clandestinement toutes les quatre ici, tous les mardis.

Avery informe ses parents de toute l'histoire. May et Judy sont réunies dans la même maison de retraite, enfin publiquement sœurs. Elle et Elliot se séparent d'un commun accord. Elle peut commencer un nouveau chapitre de sa vie avec Trent. Elle décide également de repenser sa vie professionnelle, renonce (au moins temporairement) à briguer un poste de sénatrice qu'elle n'obtiendrait aujourd'hui que par « héritage » et non grâce à son mérite personnel, et redevient avocate pour l'Association de défense des droits des séniors.

ÉTUDE DES PERSONNAGES

RILL FOSS/MAY WEATHERS-CRANDALL : LA RESCAPÉE

Née en 1927, Rill est un « rat du fleuve » comme les habitants du fleuve se nomment eux-mêmes, ou de façon insultante par les autres, un « chie dans l'eau ». Tous les enfants du fleuve en connaissent les moindres spécificités et savent nager avant même de savoir marcher. Elle est issue d'une famille pauvre, honnête et attentionnée. Quand le livre débute, elle a 12 ans. Elle est l'ainée de la fratrie, celle qui porte la mémoire de la famille et se souvient le mieux de la vie sur le bateau, au sein du « royaume d'Arcadie » comme avait coutume de l'appeler son père.

Elle est jolie, « maigre et noueuse » (p. 25) et dotée de la superbe chevelure blonde bouclée de sa maman Queenie (surnom affectueux donné par Briny) et dont ont également hérité les autres enfants, à l'exception de Camellia qui possède les yeux et les cheveux noirs de son père, ainsi que son caractère ombrageux et indomptable. Elle et Camellia, qui la suit en âge, sont celles qui se rendent le mieux compte du tragique et de l'injustice de la situation. Rill est une sœur qui prend très au sérieux son rôle d'ainée. De façon générale, elle est encline à la compassion envers les autres (elle prend très vite sous son aile Stevie – Trent Sénior –, un petit garçon enlevé en même temps qu'eux), elle est loyale et n'hésite pas à soutenir sa sœur Camellia, quitte à se battre pour elle. De même, elle s'adapte aux évènements sans s'y soumettre, ce qui va lui permettre de survivre, contrairement à Camellia dont la révolte entrainera la perte. Elle possède le sens de la justice, reconnait la bienveillance des Sevier et se montre désolée d'avoir à blesser Mme Sevier en fuyant, mais elle veut plus que tout retrouver ses parents et sa vie sur le fleuve. Elle essaie de se conduire en adulte, mais c'est un rôle lourd et difficile à endosser : elle n'est qu'une enfant dépassée par les évènements, dévorée de culpabilité à l'idée de n'avoir pas su protéger ses frères et sœurs.

Cette aventure terrible est fondatrice à plus d'un titre pour Rill. Elle est confrontée à nombre d'épreuves dramatiques et porteuses d'espoir : elle perd ses parents, son frère et deux sœurs, elle est confrontée à la violence et à l'injustice des adultes, mais aussi de certains enfants ; en contrepartie, elle va également connaitre la solidarité et l'aide (Zede, Silas et Mlle Dodd), l'amour (les Sevier et le premier baiser d'amour avec Silas) et l'amitié (Hootsie). Toutes ses épreuves et ses rencontres se soldent par la rupture définitive avec le monde merveilleux de l'enfance. Les Sevier, leur offrant un foyer aimant, rééquilibrent en quelque sorte un tort initial qui ne pourra jamais être réparé et qui restera éternellement une blessure à porter. Mais Rill, devenue définitivement May à l'issue du naufrage de l'Arcadie, aura une vie heureuse et fondera sa propre famille.

AVERY STAFFORD : CELLE QUI LIBÈRE LE SECRET

Avery Stafford est une jeune trentenaire épanouie. Fille cadette d'une fratrie de trois sœurs, son enfance privilégiée et sa famille prestigieuse, sur le plan local tout au moins, ne l'ont pas rendue imbue d'elle-même. Elle a été élevée dans des valeurs de travail et d'honnêteté (« notre famille a toujours eu la fibre du service public », p. 17). Étudiante brillante, elle a embrassé la carrière d'avocate, mais elle sait qu'elle prendra un jour la suite de son père, Wells Stafford, en tant que sénatrice. Wells ayant un cancer, elle revient chez ses parents pour préparer la « succession ». Elle forme avec sa mère, ses sœurs et les enfants de ses dernières une famille très unie. Elle est fiancée à Elliot, son ami d'enfance.

Physiquement, Avery ressemble beaucoup à sa grand-mère Judy qui était l'enfant Foss ressemblant le plus à Queenie, elle a donc le joli visage et, surtout, les boucles blondes de son aïeule.

Avery est décidée, persévérante, attentive aux autres et aux potentielles injustices. C'est un bourreau de travail qui se montre, malgré tout, disponible pour sa famille. Elle se rend vite compte qu'elle est attirée par Trent et se donne vraiment le temps de la réflexion pour aller au fond de ses sentiments et pour agir au plus juste, autant pour elle que pour Elliot.

Les certitudes (amoureuses, professionnelles, familiales, etc.) qu'elle possédait avant de se lancer dans son enquête vont s'effriter, laissant le champ libre à la remise en question. Au fil de sa progression, Avery va réinterroger sa vie et le sens qu'elle souhaite lui donner. Sa vie semblait toute tracée et elle se rend compte que ces attentes implicites qui pèsent sur ses épaules depuis toujours ne correspondent pas à ses envies réelles. En libérant la vérité sur sa grand-mère, Avery va découvrir des choses inattendues sur son propre compte. Juste retour des choses, May contribuera au changement, insistant sur les sentiments qu'elle perçoit entre Avery et Trent et sur le fait qu'une rencontre ouvre infiniment de possibles. Avery finit par renoncer à prendre la suite de son père et décide de travailler en tant qu'avocate pour le compte d'une petite association défendant les droits des séniors, ce qui correspond mieux à ses valeurs. Elle se sépare d'Elliot, pour qui sa grande affection relève plus de l'amitié et de la complicité de longue date que de l'amour, pour vivre ce qu'elle doit vivre avec Trent et reprend les rênes de sa vie professionnelle.

TRENT TURNER JUNIOR : UN GARDIEN DU SECRET

Trent Turner est le petit-fils de Stevie, devenu Trent, ce tout petit garçon enlevé avec sa sœur le même jour que les Foss, lui aussi habitant du fleuve. Il deviendra agent immobilier, basé à Edisto et consacrera tout son temps libre à retrouver la trace des familles biologiques des enfants de la Société des foyers d'accueil. Il en retrouvera un grand nombre, dont Judy et Lark, mais ne retrouvera jamais sa propre sœur, ni Gabion. Il a légué à son petit-fils son bureau et diverses enveloppes cachetées à remettre aux destinataires sur les affaires en cours.

Trent junior, initialement agent immobilier pour les entreprises à New York, a repris l'agence de son grand-père. Il ignore tout du contenu des enveloppes et du cœur même des recherches de son grand-père. Il sait que celui-ci recherchait des personnes disparues, mais n'a rien su de la Société des foyers d'accueil du Tennessee ni de l'origine de son grand-père.

Trent est père de Jonah, 4 ans, qu'il élève seul. C'est un homme honnête – il a conservé les enveloppes de son grand-père sans essayer de savoir ce qu'elles conte-naient – et très franc : Avery est surprise de l'entendre évoquer des aspects très personnels de sa vie devant une quasi-inconnue, elle pour qui « une apparence flatteuse et une réputation intacte comptent plus que tout » (p. 250). Il soutient Avery dans ce qu'elle entreprend, à la fois parce qu'il admire sa force de caractère et sa ténacité, mais aussi parce que l'histoire de la Société des foyers d'accueil « pourrie jusqu'à la moelle » (p. 252) le scandalise et fait écho à son histoire personnelle.

Trent est dans le réel et vit ce qu'Avery ne pourrait pas se permettre, répondant aux attentes d'exemplarité de sa famille. Mais cette responsabilité pèse à Avery et lui fait prendre conscience que même si la vie politique est essentielle, elle n'est pas pour elle – contrairement à son père – un sacerdoce et ne mérite pas de se priver d'expé-riences de vie. Trent aide Avery à en prendre conscience et il l'accompagne au sens propre et figuré dans son chemine-ment et dans sa réflexion. Contrairement à Elliot, présent mais lointain, Trent est physiquement présent. Il est le personnage stable sur lequel Avery s'appuie pour avancer.

GEORGIA TANN : LA VOLEUSE D'ENFANTS

« Elle n'est ni jeune ni vieille, entre les deux. Elle est lourde et corpulente, et ses bourrelets pointent sous sa robe fleurie marron. Ses cheveux, mi-gris mi-châtain, sont coupés courts » (p. 90).

Contrairement aux autres personnages, très inspirés des témoignages de ceux qui sont passés par la Société des foyers d'accueil du Tennessee mais sortis de l'imagination de Lisa Wingate, Georgia Tann a existé et l'auteure s'est basée sur de nombreux ouvrages historiques pour la recréer. Volontiers minaudante et mielleuse avec ses riches clients, les journalistes et en général tous ceux qui peuvent, volontairement ou non, servir ses intérêts, elle se montre froide avec les autres. Ce personnage au cœur sec, résolument mauvais, est dénué de toute empathie et de toute sympathie envers les enfants. Elle est capable de vendre un enfant à un adulte dont elle sait qu'il va maltraiter l'enfant sans aucun état d'âme. De même, elle ment sans scrupule à la presse en leur vantant son orphelinat comme un établissement de premier ordre pour les enfants, ainsi qu'aux candidats à l'adoption en donnant de fausses identités et en racontant des tissus de mensonges sur les familles biologiques des enfants pour mieux répondre aux désirs des adoptants.

C'est avant tout une femme d'affaires et une femme d'affaires malhonnête. Non contente d'organiser des réunions ressemblant à des marchés de chair humaine et d'empocher de très fortes sommes pour son trafic d'enfants, elle n'hésite pas non plus à se lancer dans le chantage auprès des familles ayant déjà payé pour adopter, les effrayant avec l'épouvantail d'un procès lancé par un parent biologique lointain qui exige de récupérer l'enfant, mais que l'on pourrait amadouer moyennant une certaine somme. Elle est extrêmement protégée par un grand nombre de gens haut placés et a des complices dans de nombreux corps de métiers censés protéger les enfants : la police, les soignants, les juges pour enfants, etc. Sa « notoriété » s'étend au-delà du Tennessee.

Elle sait que les enfants sont maltraités, frappés, punis, mal nourris, mal lavés et qu'aucune tendresse ni aucun soin ne leur sont prodigués. Elle-même n'hésite pas à se montrer violente. Elle est très méprisante à l'égard des enfants et n'a aucune considération pour eux. Elle les terrifie. Quand elle se rend chez les Sevier pour les faire chanter, Fern « se fige [...], elle mouille sa culotte » (p. 345) au seul son de sa voix. Par son absence totale de sentiments positifs, Georgia Tann représente le mal.

CLÉS DE LECTURE

LE SECRET

Source de pouvoir ou de manipulation, objet de souffrance et de culpabilité, le secret est un sujet éminemment romanesque. Les romans foisonnent qui le placent au cœur de leur intrigue : on pense à *Pierre et Jean* de Maupassant, au cours duquel Pierre découvre que son frère Jean n'est pas le fils de son père (c'est d'ailleurs une thématique que l'on retrouve ailleurs chez Maupassant, l'enfant caché, naturel ou illégitime) ; *Un secret*, roman autobiographique de Philippe Grimbert où le narrateur, enfant, s'invente un grand frère avant d'apprendre quinze ans plus tard qu'un frère a vraiment existé ; *Jane Eyre* qui apprend au moment d'épouser M. de Rochester qu'il est déjà marié à une femme devenue folle qui vit, enfermée, avec eux ; etc. Au départ, le secret a souvent pour vocation de protéger, soi-même ou d'autres, mais il peut avoir des effets complètement inverses et néfastes. Un secret peut se porter sur plusieurs générations et faire souffrir des personnes qui ne sont plus directement concernées. Cette transmission indécelable est une thématique très intéressante à creuser pour un écrivain. À quoi sert le secret en littérature ? C'est l'occasion d'explorer le réel, la psychologie des personnages, de décrire une lignée. On peut mentir pour passer sur une vérité dont on a honte, pour dissimuler une histoire tragique, parce que l'on y trouve un intérêt ou pour éviter de blesser ceux que l'on aime. Mais le secret parvient toujours à se frayer un chemin, particulièrement le secret de famille. Même non révélé, il se manifeste au travers des descendants qui héritent de la charge parfois écrasante d'avoir à le mettre au jour. Le lecteur peut le connaitre rapidement, et l'intérêt de la lecture va résider dans l'étude des ondes de choc invisibles qu'il va générer alentour, ou être tenu en haleine et ne le découvrir, avec le héros, qu'à la fin de l'histoire et c'est alors l'effet de suspense qui va primer.

Dans *Pierre et Jean*, c'est moins le secret de la conception de Jean que l'effet que cette révélation a sur Pierre qui intéresse Maupassant. Déjà un peu jaloux de son jeune frère, blond autant qu'il est brun, calme autant qu'il est tourmenté, cette filiation inattendue blesse profondément Pierre : à la fois pour son père, dont l'aveuglement et le manque de finesse nourrissent son mépris, mais aussi pour sa mère qu'il aime et croyait irréprochable. La souffrance qu'il ressent le pousse à torturer sa mère en lui faisant comprendre qu'il sait tout, par petites phrases, par petits mots, alors même que cette attitude qu'il ne peut réfréner lui fait autant de mal qu'à elle. Dans *Jane Eyre*, une fois le secret de l'existence d'une autre Mme de Rochester éventé, le lecteur partage le chagrin de Jane, mais souffre aussi avec M. de Rochester, qui ne peut divorcer et dont le sort est injuste. Dans son roman autobiographique *Un secret*, Philippe Grimbert nous livre un lourd secret aux multiples facettes, en lien avec sa famille juive, victime de la Seconde Guerre mondiale : il découvre que ses parents ont d'abord été mariés chacun de leur côté avec un frère et une sœur, se sont aimés platoniquement alors qu'ils étaient engagés, que leurs conjoints ont disparu dans les camps et enfin que son père avait eu un petit garçon, disparu avec sa mère à Auschwitz. Cette découverte entrainera pour Philippe Grimbert l'amorce de sa vocation de psychanalyste.

Dans *Les enfants du fleuve*, le premier réflexe d'Avery, qui pressent le secret de famille, est de craindre un éventuel scandale qui pourrait rejaillir sur sa famille et plus particulièrement sur la carrière de son père, honnête homme, et le faire chuter de son piédestal de droiture. Elle commence par envisager une grossesse non désirée ou un soupirant mal accueilli par la famille conservatrice de sa grand-mère. Puis quand elle prend connaissance de la part que prend la Société des foyers d'accueil du Tennessee dans ce secret, elle redoute de découvrir que sa famille a pu être de celles qui ont protégé Georgia Tann et ses méfaits. C'est aussi l'une des caractéristiques du secret : on imagine le scénario le pire, le plus défavorable possible. Aujourd'hui, il peut sembler étonnant d'avoir passé sous silence un évènement que l'on a subi, provoqué par un tiers extérieur à la famille, du moins quand on s'en souvient. Dans cette histoire (romancée, mais s'appuyant sur des enquêtes et relatant des faits véridiques, donc), nombre d'enfants ne soupçonnent pas leur origine, trop jeunes pour se souvenir de quoi que ce soit avant leur famille adoptive. Dans le roman, le secret n'a heureusement pas de conséquences graves, il permet même de remédier à une situation injuste en réunissant les deux dernières sœurs pour leurs dernières années.

Si l'adoption de Judy forme le secret majeur du récit, l'histoire est émaillée de petits secrets de bien moindre importance, mais qui montrent que la dissimulation est néanmoins une constante dans les rapports humains, principalement pour ceux qui vivent sous le regard des autres : Wells Stafford soigne un cancer, maladie soigneusement cachée par ses assistants ; il est impérieux de taire le fait que sa mère Judy se trouve dans une maison de retraite de haut standing en pleine tourmente politique d'une vieillesse à deux vitesses, les riches vivant dans un cadre correct et attentif et les pauvres se retrouvant dans des établissements qui n'ont pas les moyens suffisants pour assurer un bon suivi de leurs pensionnaires.

Ces petits secrets semblent montrer que le secret est, en quelque sorte, inhérent à l'homme.

Le saviez-vous ?

Les enfants du fleuve s'appuie sur des faits réels. La Société des foyers d'accueil du Tennessee a bien existé, ainsi que Georgia Tann, sa fondatrice, qui est connue pour avoir inventé l'adoption moderne, mais aussi pour avoir enlevé, maltraité et chèrement monnayé des enfants en toute impunité pendant plus de trente ans. Son réseau était si important (impliquant des personnalités influentes, politiques et des célébrités) qu'elle a pu poursuivre son activité sa vie durant, sans être inquiétée. Si au départ, il s'agissait réellement de trouver des foyers à des enfants abandonnés, la demande a rapidement été si forte que Georgia Tann s'est mise à enlever des enfants (dans les jardins publics ou des nouveau-nés dans les hôpitaux en soudoyant des infirmières qui faisaient croire aux parents que leur bébé était décédé) qu'elle vendait à prix d'or à de nombreux notables qui ont fermé les yeux, tout ceci sur fond de maltraitance. Elle changeait les noms et prénoms des enfants pour brouiller les pistes. Dans les années 1990, des archives ont pu être ouvertes, permettant à certains, souvent trop tard, de remonter jusqu'à leur famille biologique.

LE MONDE DE L'ENFANCE

Le roman peut se lire comme un roman d'apprentissage, faisant brutalement passer Rill de l'enfance à l'adolescence ; il pousse également Avery, même si elle est trentenaire et installée dans sa vie, à s'interroger précisément sur le sens de cette vie, de ses attachements et de son travail et à s'orienter vers ce qui lui convient réellement, avant de poursuivre plus avant.

Il est, dans ce texte, beaucoup question d'enfants et les enfants, quelle que soit la génération à laquelle ils appartiennent, partagent les mêmes besoins et les mêmes envies. Jonah, les triplés et la nièce d'Avery se conduisent exactement comme les enfants Foss. Ils ont besoin de l'amour d'adultes bienveillants, d'être protégés et accompagnés, d'interactions avec d'autres enfants, ont un imaginaire sans bornes et de l'énergie à revendre. Les enfants jouent entre eux, que ce soit sur l'Arcadie, à l'orphelinat ou dans la maison des Stafford ; s'inventent des histoires (comme Jonah et le ptérodactyle dans sa chambre). Certaines histoires ont une issue heureuse, dans d'autres cas, ils se heurtent avec violence aux terreurs des livres, devenues bien réelles. Le texte fourmille de références au monde de l'enfance. À l'instar des contes, il a son lot de monstres et de figures de sauveurs. Le trio d'adultes malfaisants est le pendant réaliste de certains archétypes de contes de fées. Georgia Tann en est la marâtre : l'affreuse belle-mère qui fait croire à l'extérieur qu'elle aime les enfants dont elle parait s'occuper avec dévouement et qui, en réalité, utilise les enfants dont elle a la responsabilité pour son bien personnel, sans jamais tenir compte de ce qu'ils sont ou de leurs sentiments, en ne les considérant que comme des machines à son usage privé, un petit peuple d'esclaves, en somme. Mme Murphy y joue le rôle de la sorcière : elle est celle qui menace, grince et grimace, vocifère et sévit (« Ne me défiez pas ! hurle Mme Murphy avant de flanquer une torgnole à Danny Boy, parce qu'il est le plus près d'elle », p. 270), celle qui enferme les enfants dans les placards sans les nourrir, ou les attache à leur lit. Contrairement à Mlle Tann, elle n'essaie pas de donner le change avec les autres, elle sort d'ailleurs peu de son domaine, elle n'est pas appelée à communiquer sur la Société. Son rôle se borne à maintenir la terreur chez les enfants à coups de brimades et de cruauté. Elle ferme les yeux sur le comportement de Riggs, son cousin, homme à tout faire de l'orphelinat. Quant à Riggs, qui gagne la confiance des enfants en leur distribuant des bonbons pour mieux les attirer dans son antre, c'est l'ogre. C'est un « homme massif », il est horrible (« Ses dents sont vieilles et hideuses, et ses cheveux châtains clairsemés pendouillent devant son visage en queue de rat graisseuse », p. 139) et pour contrer la mauvaise impression que peut faire aux enfants cette apparence repoussante, il commence par se montrer gentil et souriant (et c'est bien le seul adulte à sourire dans ces murs). Il distribue des bonbons pour endormir leur méfiance, mais la nuit, il se faufile dans le dortoir et emporte un enfant. Les plus grands le savent et le fuient (« Laisse jamais Riggs te coincer toute seule. C'est pas le genre d'ami que tu veux », p. 144). Il choisit donc ses victimes parmi les plus jeunes ou les derniers arrivés. Ce sera le cas de Camellia, que Rill retrouve prostrée, muette, pleine de poussière et de marques de coups, le poing fermé sur des bonbons poisseux. On le soupçonne également d'être celui qui se charge des corps des enfants quand certains disparaissent, soit parce qu'ils ont reçu le coup de trop, soit parce qu'ils deviennent embarrassants pour la Société.

Le roman dépeint également des figures positives. La fée, que l'on imagine longtemps incarnée par Queenie dont elle a la gentillesse, l'amour et la beauté, s'incarne dans le personnage d'Avery. La baguette magique est remplacée par des outils plus contemporains, mais c'est Avery qui permet le miracle final de la réunion des sœurs. La princesse Rill rencontre son prince en Silas qui l'aime tant qu'il est prêt à tout pour elle. Il la défend, vient à son secours, l'aide à s'enfuir. La vie, malheureusement, n'est pas un conte de fées et elle quittera son prince pour ramener Fern chez les Sevier. Alors qu'elle pense être chassée, ils l'accueillent à bras ouverts. Elle essaiera ensuite longtemps de retrouver Silas, sans succès. Le personnage de Zede est un peu la figure du vieux sage : il est âgé, fiable et de bon conseil. On peut compter sur lui, il est présent pour les filles et prêt à affronter Briny pour les sauver malgré lui. Zede a toujours des protégés dans son giron, c'est un homme bon, solidaire et avisé.

AU FIL DU FLEUVE

La nature tient une place de taille dans ce roman, tout particulièrement le fleuve, au cœur même de l'action. Tantôt rassurant (« un endroit sûr », p. 25) et beau, tantôt terrifiant et synonyme d'arrachement, le fleuve est le mouvement, la vie et ses à-coups. L'eau est souvent assimilée à la féminité, à la maternité, à quelque chose de doux et d'enveloppant. D'abord protecteur (« le fleuve a sa propre magie. Il prend soin de son peuple », p. 27), il peut également se changer en ennemi redoutable (« vas-y espèce de scélérat ! [...] Essaie de m'avoir ! », p. 390).

Le fleuve a une charge symbolique très importante. Outre une fonction nourricière (on se nourrit de ses poissons ou des animaux qui habitent ses rives), ou un rôle plus dramatique – il est le possible théâtre d'évènements naturels potentiellement dangereux (l'orage de la première nuit, les tempêtes, le danger des heurts d'objets comme des troncs d'arbres à la dérive qui peuvent signifier le naufrage, etc.) –, le fleuve est aussi ce qui s'écoule inlassablement et ne revient jamais en arrière. À l'image du temps qui passe, l'eau qui fuit est un phénomène irréversible, tout comme l'enchainement des évènements qui privent les enfants Foss de leurs parents et signent la destruction de la famille. Lorsque Rill et Fern parviennent enfin à revenir, elles font l'expérience amère du dicton qui affirme que l'on ne se baigne jamais dans la même eau : si l'Arcadie est bien toujours à sa place, le bateau a changé, ses habitants – tels que les filles les ont connus – ont déserté, il ne reste rien de leur vie d'avant : « au lieu de tout arranger, notre retour à l'Arcadie a rendu tout le reste réel. Camellia n'est plus. Lark et Gabion sont très loin. Queenie est enterrée dans une tombe de fortune et le cœur de Briny l'y a suivi » (p. 388). Seuls une photographie et un christ en métal témoignent de ce qui fut. Cette eau qui coule comme le temps reflète également les épreuves traversées par les enfants, les faisant grandir brusquement. Quitter le fleuve, c'est quitter le cocon protecteur et sûr du royaume d'Arcadie pour découvrir le monde. Même si la famille Sevier sera un second foyer paisible, la cellule familiale telle qu'elle existait sur l'Arcadie s'évanouit en fumée (au sens propre). Il faut, pour Rill et Fern, affronter seules la suite, mais le fleuve restera à jamais à la source de leur identité, avec le temps, les « rats d'eau » se sont transfor-més en libellules...

Les maisons tiennent également dans le texte une place importante et symbolique. La maison, c'est le foyer, le lieu de la famille. Elles jalonnent le roman : qu'il s'agisse de la maison de retraite Magnolia Manor, symbole d'une splendeur évanouie (exactement comme Judy qui perd la tête et part lentement vers un autre monde) ; de la mai-son familiale des Stafford, pleine d'enfants et de vie ; de l'Arcadie, royaume de rêve qui n'aura duré que le temps si rapide de l'enfance ; de l'horrible orphelinat, bâtisse mal entretenue dépourvue de tout confort et de propreté qui fait « penser à la Belle au bois dormant » (p. 102) ; du cottage à Edisto, deuxième maison et deuxième (double ?) vie près de l'eau, écho atténué du fleuve ; de la maison des Sevier, opulente et inquiétante tant que Rill n'a pas renoncé à l'Arcadie et surtout, de la maison d'Augusta. Tout comme le secret, la splendide maison coloniale en ruines d'Augusta perdue dans un fouillis de fleurs et d'herbes comme un château hanté, en cache une autre, un petit cottage bien entretenu au cœur d'un jardin soigné, celle de Rill/May, la maison de la réconciliation, celle qui fait le lien entre le passé et le présent, qui révèle et entretient l'histoire pour qu'elle ne disparaisse jamais. Elle est comme un temple à la mémoire et nous dit que ce secret était vraiment destiné à être dévoilé.

<u>Le saviez-vous ?</u>

Dans l'Antiquité, l'Arcadie est un lieu béni des dieux où vivent paisiblement des bergers. C'est un territoire pastoral idyllique, un lieu rêvé où règne l'harmonie. Une locution latine *Et in arcadia ego* qui signifie « je suis aussi en Arcadie » semble être attribuée à… la mort, à laquelle les hommes, si heureux qu'ils soient, ne peuvent échapper. Ce qui s'applique dramatiquement bien à la situation du roman : Nicolas Poussin, peintre du XVIIe siècle, a peint *Les bergers d'Arcadie*, entourant une tombe où est écrite cette phrase. On peut imaginer qu'il s'agit de la tombe de Queenie…

PISTES DE RÉFLEXION

QUELQUES QUESTIONS
POUR APPROFONDIR SA RÉFLEXION...

- Il existe un documentaire récent sur les conditions choquantes du placement des enfants aux États-Unis, que vous inspire ce récit de ce point de vue ?

- Lisa Wingate pense que les romans peuvent changer la vie, qu'en dites-vous ?

- Qu'apporte selon vous le fait que les voix de Rill et d'Avery s'entremêlent ?

- Que pensez-vous du personnage de Camellia ?

- La disparition de Briny est mystérieuse, qu'apporte cette imprécision au roman ?

- Pourquoi, à votre avis, avoir gardé ce secret ?

- Connaissez-vous d'autres œuvres travaillant la thématique du secret ? Quelles conséquences pensez-vous que le secret puisse avoir dans la lignée familiale en général et pour la famille Stafford en particulier ?

- Si vous deviez adapter ce roman en série, comment procèderiez-vous, notamment en ce qui concerne la narration croisée ?

- Comment imaginez-vous l'évolution du personnage de Hootsie ?

- Comment définiriez-vous Victoria Sevier ?

POUR ALLER PLUS LOIN

ÉDITION DE RÉFÉRENCE

- WINGATE L., *Les enfants du fleuve*, Paris, Les Escales, 2018.

ÉTUDES DE RÉFÉRENCE

- LÉVY-SOUSSAN P., *Éloge du secret*, Paris, Hachette, 2006.

- COUVERT B., *Au cœur du secret de famille*, Paris, Desclée de Brouwer, 2000.

SOURCES COMPLÉMENTAIRES

- MAUPASSANT G. de, *Pierre et Jean* (1888), Paris, Gallimard, folio classique, 1999.

- GRIMBERT P., *Un secret*, Paris, Le livre de poche, 2004.

- BRONTË C., *Jane Eyre* (1847), Paris, Le livre de poche, 1967.

- Sans compter les nombreuses ressources indiquées par Lisa Wingate à la fin de son livre concernant la Société des foyers d'accueil du Tennessee et Georgia Tann.

ADAPTATIONS

- MILLER C., *Un secret*, 2007.

Votre avis nous intéresse !
Laissez un commentaire sur le site de votre librairie en ligne
et partagez vos coups de cœur sur les réseaux sociaux !

lePetitLittéraire.fr

- un résumé complet de l'intrigue ;
- une étude des personnages principaux ;
- une analyse des thématiques principales ;
- une dizaine de pistes de réflexion.

Retrouvez
notre offre complète sur
lePetitLittéraire.fr

L'éditeur veille à la fiabilité des informations publiées,
 lesquelles ne pourraient toutefois engager sa responsabilité.

© LePetitLittéraire.fr, 2021. Tous droits réservés

www.lepetitlitteraire.fr

ISBN version numérique : 9782808027175
ISBN version papier : 9782808027182
Dépôt légal : D/2021/12603/199

Conception numérique : Primento,
le partenaire numérique des éditeurs.